KB106230

2

드라마의 정의는 '일어날 법한 일'이라는 말을 좋아합니다.
과장되어 보이는 이 극도 결국은
현실을 사는 누군가가 겪고 있는 일이니까요.
그래서 이 이야기가 충분히 불편했으면 합니다.

이 작품을 준비하고 연재하는 동안
제 자신이었고, 제 주변이었던,
20대 청춘들
그 누군가들의 고민을 팔아
감히 제가 배불리고 있다는 부채감을 가졌습니다.

작품을 연재하고 책으로 나오기까지
제가 빚져야 했던 많은 사람들에게 미안하고 고맙습니다.

여유를 갖는 일 하나가 귀하게 된 세상에
다른 이의 여가시간을 책임진다는 건
제게 영광스러운 일입니다.

이 만화를 읽어주시는 모든 분들 감사합니다.

지뉴

멀리서 보면 푸른 봄

2

지늉 지음

책들의정원

CONTENTS

멍충이! 그럼 엄마나 아빨 볼 수 없을 지두 모르는데 안 울어?

클럭

그냥 이혼하시는 거뿐이잖아.

뿐이라구?!?

이 나쁜 애야!! 홍찬기 주거버려!!!

펑펑 퍼 펑

솔직히 잘 모르겠어. 보고 싶으면 언제든 가서 보면 되잖아?

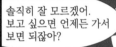
으음...

너희 부모님은 너가 미워서 헤어지는 게 아니잖아. 그냥 어른들 사정이지.

엄마아빠도 만날만날 너가 보고싶을걸.

계속 너한텐 엄마아빠야.

너가 잘못한 건 하나도 없으니까, 괜찮아!

멈칫

잠시 설득될 뻔했다.

....

수굵

모르면 아무 말두 하지 마~~!!!!!

펑펑 펑 펑

그래. 때려.
때려서 슬픈 게 풀리면 때려.
거시기만 때리지 마.

저질!!!!

너무 아파!
이걸론 안되겠다!

이거 너 가져.

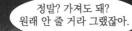

너 무지무지 갖고 싶어 했잖아, 그치?

난 또 만들면 돼!
난 천재니깐!!!

정말? 가져도 돼?
원래 안 줄 거라 그랬잖아.

그 때 우린 여덟 살이었다.

있잖아,
넌 역시 나를 때려야만
기분이 좋아지는 거야. 변태.
아동상담같은 거 받아 봐.

에휴—

울 형아가
여자는 변태인 쪽이 매력적이라고
그러긴 했는데,
너 보니깐 쫌 별로인 것 같아.

니가 그딴 말을 하니까
내가 때리는 거야 멍충아↓↓↓

여덟 살짜리의 팔찌는

자라서 어른이 되어버린 팔에서

더 이상 빠지지 않게 되어버렸다.

우리 사이엔—

설렌다는 말도,

애틋하다는 말도,

그립다는 말도,
무엇 하나 어울리지 않는다.

어쩌면 그런 감정이라는 게 있었는데

너무 많이 지나고 지나오면서

사라져버린 건 아닐까.

아니면 그런 감정들이

너무 많이 쌓이고 쌓여오면서

헷갈리게 돼버린 건 아닐까.

그저 너에게 확신할 수 있는 감정이라곤,

18년 동안 눈가에 늘러 붙은 익숙함.

─그리고 아주 가끔씩 이렇게

절대 내 맘대로는 되지 않는 네가,

그러면서도 눈앞에선 사라지지 않는 네가—

뭐야,
같이 먹을 사람도 있었으면서
왜?

신경질이 나고 짜증이 나서 화가 난다는 것뿐.

홍찬기, 네 말은 다 틀렸어.

이런 게 사랑일 리가 없잖아.

저, 선배님. 근데요…
회의 끝나고 잠깐 시간 있으세요?
좀 말씀드릴 게 있는데.

뭐. 전화로 말하려던 거?

혼자
이상한 소리만 하다
끊었지.

네.

죄송해요.

그럼 지금 해. 긴 얘기 아니면.

아, 그럼
잠시만…

거 참
뭔지
궁금해지네.

뭐야,
회의하러 안 가?

1학년,
너 과제 안하는 대신
간식 사왔구나?
맞지?

아뇨, 저도 해야죠.
수현선배님한테
말씀 드리고
참여하기로 했어요.

뭐야? 쳇.

'쳇'?

너네 언제 그렇게 친해졌냐?
아주 옷까지 깔맞춰 입고.

어, 진짜네!
우와, 우리 조는 막
드레스코드도
정하기로 한 거야?

윽. 정말
그런 거까지 해야 돼요?
학예회도 아니고.

…너, 그 안경 벗어라.

하하…
그냥 우연히
겹친 거라서요.

어, 그거! 크롬하츠?

네.
제 안경 이쁘죠♡

우와, 이쁘다!
이거 되게 비싼 건데.

야, 그런 건
짝퉁 모르냐 짝퉁?

아냐~ 난
짝퉁 구분 잘 해!
이거 백만 원
넘어가는 거야.

으쓱

뭐? 백?

뭐야, 이거 알도 없는 거잖아?
야~ 넌 백만 원을 눈알장식으로 끼고 다니냐?

이새끼 스케일이 장난 아니네.

하하…
제가 이런 걸
엄청 좋아해서요.

준이 아이돌인데
아이돌?

조장님 것도
그런 거예요?

웬 호들갑을….

……

19

왜 하필 너랑 비슷하게 입고 나왔나 모르겠다. 빈부 차이 나게시리.

제가 할 말이죠. 기럭지 차이나게시리.

저기요, 뒤에 정호선배 말인데요. …어쩌려고 저러는지.

쏙닥…

네?

야, 너 화장 다 떴다~

신경꺼요.

저 선배, 우리 과제 하나~~도 안 했대요.

그런데도
저렇게 뻔뻔하다니까~
아~ 난 완전 열심히 해왔는데.

으잉?

잠깐,
이렇게 되면 혹시….

그러니까
더 나눠서 하는 거잖아요!

조원들이
해오기로
한 거잖아요.

어떻게 믿어?

얼마나,
몇 명이
얼마나 잘 해 올 거
같냐고.

차~암
긍정적이다
싶어서.

···선배님이
좀 부정적이신 거
같은데요.

현실적인
거지.

"그냥 믿어보시는 거 어때요"

괜히
쓸데없는 말은 해갖고···.

아우 오빠~저 워드
진짜 빨리 할 수 있으니까
걱정마여~
금방 되겠죠~

아잉~

우걱

우걱

그래 뭐~ 발표 전까지만
하면 되잖아?

어유, 뭐
어련히 알아서들 하시려구요~
걱정은 무슨.

비꼬는
것 좀 봐….

헤헤헤.
난 해왔다고!! 하여튼
믿을 만한 사람은
나 뿐이라니까.

야, 너 해왔다며~
꺼내 봐? 어? 빨랑

여기요.

둑 툭

준아,
잘 먹을게, 고마워~

넹.♡

아주 혼자
다 처먹어라.

정작 제일 애쓰는 사람은 못 먹는구만…

…수고하셨네요.

앗, 그럼-

아니오. 좀 수정할 부분이 있긴 한데요. 여기 마케팅믹스에서…

네? 왜요? 광고전략도 세가지나 조사해서 넣었고, 브랜드 컨셉을 좀 오버해서 쓰긴 했지만, 그러는 편이 내용도 풍부해지잖아요?

의도는 좋은데요. 미진식품은 대기업이잖아요.

뻔히 대기업이 갖는 유통망의 장점은 고려하질 않고서, 너무 감성적인 마케팅과 광고 쪽에 치중해서 조사하니까 현실성이 떨어져요.

우린 실제 시장에서 결과가 나온 사례를, 보다 정답에 가깝게 분석하는 거니까.

…그건 너무 뻔하다고 생각해서 짧게 넘어간 건데….

다들 당연히 알고 있는 점이라면, 발표자는 당연히 짚어줘야죠.

흠…그리고 자료 정리가 하나도 안 돼서 중복되는 내용도 몇 개 있고….

이건 너무 그대로 긁어오신 거 아닙니까?

게다가, 오탈자 많이 보이네요.

이거 다 취합해서 교수님께 제출해야 되는 거 아시죠?

그냥 실수 몇 개 같으면 내가 손보면 되는데, 아예 맞춤법을 잘못 알고 계신 거 같아서 체크해봤어요.

우와… 역시 제대로 빡세게 가는구나.

-수정할 때 그것도 같이 확인해요.

하아~

아…시간 진짜 없는데….

없다고 안 할 순 없잖아요.

아…진짜.
얼마나 완벽하게 해가지고
뭐 기업에 프로포즐 내려 그러나 진짜.

이거 들고 취업이라도 당장 하려고?
오바좀 하지 마라 새끼야.

말씀 잘하셨네요.
레포트로 사업제안까지
할 수 있는 수준이면 좋죠.

학교에서 배운 지식,
쥐꼬리만큼이라도 취업전선 활용하려면
지금 이런 과제부터 하찮게 여기지 않고
진짜로 기업에 제안한다는 마음가짐으로 임해야,

뭐라도 건져가지 않겠어요?

그 말은, 여기 계신 분들은 제대로 된 과제를 만들 준비조차 안 됐다는 말이고.

괜히 나중에 면접에서 쓸데없는 말 열 마디 하지 말고, 이런 거나 활용 잘 해보세요. 그게 훨씬 크리티컬하지.

....

아... 재수없다...

......

에휴….

크흠!

아, 저기.
두 분 말씀
다 맞는데요….

일단은 기선선배 해 오신 건
전부 수정하긴 어렵더라도,

질의응답 때는, 예상질문 몇 개 남겨놓는 게
오히려 좋은 방법일 수도 있구요.

급한 대로,

안 된 과제들부터
우선적으로 하는 게…

…!

야!!

꽝!

일학년이 뭘 안다고
선배들한테 끼어들어서
말대꾸야?

아…죄송합니다.

웃어?

너 계속 보면
말 너무 편하게 하는 거 같애.

참. 난 당신한테
말까도 되겠네.

빙글~

응? 같은 학번이잖아.
괜찮지?

—이 새끼가
미쳤나!!!

뭐 이새끼야?

너… 학번 같다고 나 무시해도 될 꺼 같지!!
이놈의 대학은 씨발 나이 차이가 나도
일년 좀 늦게 들어왔다고
위아래도 없지?

콱!

어? 나도 형이다
새끼야 어??

…뭐, 그런 거
따지고 살아본 적은 없지만.

보고 있자니,
참 역겹긴 하네요.

그렇게 말 안 해도
알고 있는 걸 갖고,

자꾸 '난 너보다 형이다' '선배다'
거듭 들먹이면서-

…!!!

쓸데없는 계급빨 내세우는 거.

뭘 그렇게 애를 쓰십니까.
어차피 이러나 저러나~
선배란 거
반기는 후배가 누가 있다고.

쪽팔리지도
않습니까.

빨리
누가 좀 말려 봐!!!

아니…
괜히 끼어들면
안 되잖아요…

제대한지 얼마나 됐다고
벌써 그리워요?

그럼 그냥
군대나 돌아 가요.

여기서 돈 아깝게
일 년에 천만 원씩
쏟아 버리지 마시고.

이 개새끼가 처 맞아 뒤질라고 진짜!!!

깜짝

....

—당신 같은 인간이 왕 대접 받을 수 있는 방법은
그런 계급장뿐이란 거네.

군대에서 계급장?
숨만 쉬고 살아도 그냥 주는 거.

고작 그런 거 말곤
당신이 내세울 게 없단 얘기야.

아~~무것도.

너 오늘 진짜 뒤져볼래!?

아 뭐, 한 대 치시게?
그렇게 단순합니까?
위계로 안 통하니까
다음은 무력행사?

아니 무슨애가

겁이
이렇게 많어
....

내가 안그래도 너 한 번
족치고 싶었는데, 아주 날 잡아라.

그래?
잘 됐네.

ㅡ그래도 이 새끼가
정신 못 차리고!!!

쿵!

꽈악~~

자, 또 쳐.

꾸욱…

돈 많~아서 학교 와서 노시나본데,

나도 실컷 맞고 깽값이나 받아보게. 응?

……….

으유! 또라이 새끼.

미친 새끼 진짜…!!

꽝!

어디 같이 D나 받고 잣돼보자~~

꼬우면 혼자 우리 몫까지 피똥싸게 해 봐, 어디!!

야~ 그만 가자.

이런 새끼 도와줘 봐야 좋은 소리 못 듣는 거 봤지?

걱정 마.

남수현님이 너무너무 잘나셔서 혼자 다 하신대요.

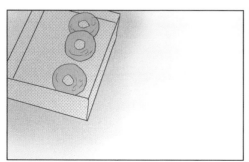

어쩌냐.
진짜 아무도 없다,

너 도와줄 사람.

혼자
열심히 해 봐~

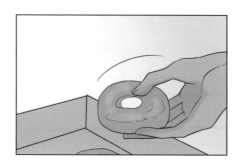

...
맛있네.

아. 입 아파서 못 먹겠네, 씨...쫏.

기껏 사온 건데, 아깝게시리.

...맛 없어서 남기는 거 아니다.

―이제 그만 좀 나오지?

거기서 뭐 하냐.
나랑 숨바꼭질 해?

....

…괜찮겠지.
캐묻거나 하진 않을 거야.

꾸욱—

...아,
정말 죄송해요.

너 오늘 나한테
그 말 많이 한다.
그만 해. 니가 왜.

눈치보느라
못 들어 온 거야?

...면목이 없어서요.

선배님 말씀대로
과제는 그 때
미리 해놨음 좋았을 텐데.

아니면 아까 제가 괜히
쓸데없이 나서지만 않았어도,
일이 이렇게 커지진 않았을 건데…

죄송합니다.

아~ 계속 죄송하다는 걸 보니
너도 빠질 거야?

봤지? 다들 나갔거든.
빠지려면 너도 지금 빠져.

네? 아뇨, 저는...

자, 이번엔 가방 챙겨 가고.

끼이익ㅡ

아뇨, 저는...
그러려던 게 아니에요.

그게 아니라...

알아.

그러니까, 죄송하단 말 좀
그만 하라고.

누가 너 탓 해?

....

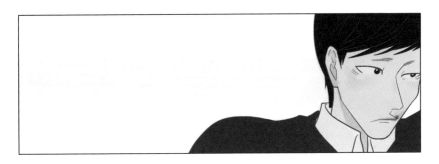

......

기다리고 있었잖아, 너.

……

…저도 도망가려는 거면
어쩌구요.

一그냥
안 그럴 것 같았어.

…괜찮은 거예요?

어?
아~ 뭐. 별 탈은 없어.
보기 흉한 게 문제지.

아, 그것도 문제지만.

…저만 남아도 괜찮은 건가 해서.

…………

선배님 기준이
엄격하신 것도 알고요,

전 1학년이라
아는 게 별로 없는 것도
사실이고…

"너같이 쓸모없는
놈을 어디다 써?"

하하.
제가 뭘 해도
선배님 성에
차지 않을 지도 모르는데.

"네가 언제 내가 믿는 대로
따라와 준 적이나 있니?"

이미 선배님한테
괜히 실수도 몇 번 했구요.
또 무슨 실수를
할지도 모르고...

그래도,
열심히 할 순 있는데…

아,열심히 하는 거 갖곤 안된댔지.

어... 그러니까, 일단 시켜주시는 것부터 해볼게요.

번거롭겠지만 좀 가르쳐주시면,

제가 배우는 건 금방 하거든요?

맡겨주시는 대로 잘 해 볼 테니까,

어떻게든 열심히 해 볼…

애 쓰지 마,
미안하다.

...선배 잘못 만나서
애먼 네가 고생하네.

넌 잘못한 거
하나 없는데도.

......!!

나가자.
담배나 한 대 피러.

툭―

보건실이나 가요!
입술 다 까져서 무슨…

피나거든요!!

선배님은
담배 왜 그걸로 펴요?

이게 싸잖아.

싼 거면 2000원짜리도 있는데.
애매하게 웬 2100원.

100원은
내 마지막 자존심이다,
인마.

푸하하하.

웃겨? 남의
자존심이 웃겨?

동전 남는 거 싫으면 뭐
가끔 2000원짜리 사기도 하지.

하긴 그러겠네요.
저도 동전 남는 건
책상에 괜히 쌓아놔요.

그래?
다음에 가서 털어볼까.

에이,
얼마나 된다고~

'왜 그랬냐고 물어보면 뭐라고 답하지?'

에이씨,
진짜 아프네.

'남한테 별 관심 두는 성격은 아니니까,
괜찮을까.'

그러게 그냥 좀
참으시지~

머릿속에서 바쁘게,
변명할 이야깃거리를 떠올리고 있는데─

…그러고 보니까
아까.

네?

다행이지.

보건실 선생이
암것도 안 물어봤으니
망정이지.

왜 터졌냐고 물어봤음
어쩔 뻔했어.

애도 아니고
쪽팔리게시리.

팀과제 그지같은 줄은
알았지만
이젠 쌈박질이라니,

내가 생각해도
웃겨서 참.

내 속을 읽고 하는 말도 아닐 텐데,
이상하게 안심이 됐다.

'괜찮아.'

'변명하지 않아도 돼.'

원래 팀과제는 다 이런 건가요?
전 앞으로 엄청 해야 할 건데.

글쎄… 내가
운이 나쁜 걸 수도 있고.

넌 나보단 낫겠지.
넌 요령이 좋잖아?

하하..
본인도 알고 계시긴 하네요.
선배님 요령 나쁜 거.

뭐, 그런 거에 너무 무신경하단 말,
만날 듣고 사니까.

근데
그런 말 듣고도
별로 신경 쓰질
않으니까,
무신경하다고
욕먹어도
할 말은 없지.

…난 마음에 드는데.
그런 무신경함.

…무신경하다라…

이 사람의 태도는,

어디까지가 무관심이고,

어디서부터가 배려일까.

어쨌든. 미안하지만 이렇게 된 이상 네가 맡아야 될 범위가 넓어지겠다.

나랑 반 나누자.

할 수 있겠어?

해야죠. 점수가 걸린 일인데.

근데 선배님, 도망간 사람들은 어떡하실 거예요?

뭘 어떡해.

이름 다 빼고 갈 거죠? 그럼 되잖아요.

무슨 소리야. 그렇겐 좀 곤란하지.

네? 왜요?

후우~

—그걸로 된다니.

겨우 이름 빼버리는 걸로 끝나면 되겠어?

씨익

겨~우?

안 한 거 점수 못 받는 건 당연한 수순이고요, 암.

ㅋㅋ ㅋㅋㅋ ㅋㅋㅋㅋ ㅋㅋ

너 내가 왜 얌전히 맞아줬다고 생각하냐?

열심히 하면서 기대해 봐.

…뭔진 몰라도 이 사람을 적으로 두지 않아서 다행이군…

ㅋㅋ

끄덕 끄덕

아~ 벌써 기대되네~

조원들 번호 삭제 중

즐거워 보이시네요.
충분히 우울한 일 같은데.

빤—히

?

…뭐,
그래도 이번엔,
한 명 남겼으니까.

충분히 고무적인 일이지,
나한텐.

…항상
혼자 해왔단 얘긴가.

…선배님.

열심히 해 봐요.

같이.

…그래.

잘 해보자.

같이.

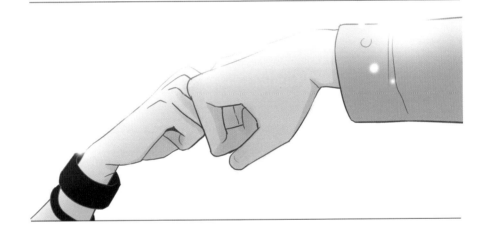

이런 유치한
장난 칠 사람이
너 말고 또 누가 있어.

이런 장난 칠 만큼
친한 사람,
아직 나뿐이구나?
야~기쁜데?

....

너 여전히 운동치구나.
통나무같이 넘어지네.
깔깔깔.

갑자기 그러는데
안 넘어지는 사람이 어딨어?

어? 입술 왜 그래!

방금 넘어져서 다친 거니?
어머 어떡해. 미안해.

지금 그런 거 아니야,
걱정 마.

뭐야, 무슨 일 있었어?

—아니 뭐 그런 새끼가 다 있어?
그냥 밟아 죽여 놨어야지!!

네가 그러면 농담이 아니라 무섭다.
흥분하지 마.

남수현,
허우대도 좋은 놈이
왜 맞고 다녀!

이 누난 널
그렇게 가르친 기억이 없다?

크릉—

참 나. 네가 날
언제 가르쳐.
난 우리 아부지가
가르쳤지.

그래, 니네 아부지가
하늘에서 땅을 치시겠다 야!
잘 키운 아들 잘 생긴 얼굴
흠집이나 내고 다니고!

누구 때리라고도 안 가르치셨다.
우리 아부지는.

그냥 바로 신고 먹이라고 하셨지.
죽어도 합의 해주지 말고.

그게 진짜 인생의 쓴 맛을 보여주는 거니까.

하하,
그 아버지에 그 아들?

…내가
제일 싫어하는
말이네.

……
음, 어쨌든,
학교에선 잘 좀 해라.

냠

맨날 왜 그러는 거야. 고슴도치처럼. 먹는 건 곰이지만...

...하긴. 내가 너한테 잔소리 할 입장이 못 된다~

나, 같은 방 쓰는 애 하나랑 사이 별론 거 같아~

무슨 짓 했냐? 뭐 알만 하다만...

아! 그 기집애 너랑 닮았다. 지 할 말 다 하고. 싸가지 없고, 붙임성 없고, 친구 없어 보이는 거.

너, 다음 세상엔 꼭 남자로 태어나. 때릴 수 있게.

난 지금도 너보다 센데? 덤벼 볼래?

..........ㅈㅅ

뭐, 너무 애 쓸 필요 없잖아?

어차피 뭘 해도, 선배란 거 반가워하는 후배 없는데. 선배는 그냥 학기 초에 밥 사주는 인간이지.

이번엔 너랑 같이 남아서 하는 후배 있다며.

걔가 내가 반가워서 같이 과제 하나? 멀쩡한 대학생 노릇 하는 거지. 그 멀쩡한 대학생 만난 거만으로도 감사하다 이젠.

…차암 못 들어 주겠네.

남수현.
언제까지 그러고 삐딱하게 살 거니?

연애는 돈 안 든다고
말하기 어려워도,

친구 사귀는 건
돈 드는 일 아냐.

내가 뭘.

돈이 왜 안 들어.
누굴 만나든 똑같지.

와르르

돈 있어야 나갈 교통비 생기고,
돈 있어야 전화도 쓰고,

우걱 우걱

지금 우리가 먹는 건 공짜냐?

통장 잔고가 바닥 보이는 순간
바로 고립인데.

공짜라는 건,
남이 주는 용돈
땅 파서 나온 줄 아는 애들이
돈 나가고 있는 거 모르면서
하는 소리지.

우와아아앙~

뭉게 뭉게

여동생! 또 담배 피는 거야?

아, 안녕하세요, 찬기 형.

이야, 이름 기억해주네?

네.
제 이름도 좀 기억해주실래요?
여동생이라고 좀 부르지 말고.

잘 기억하고 있는데?

'오늘 하루도 파이팅하자!
난 여준이니까! 아자아자!'

'~꿀꿀해도~ 씩씩하게!
여준 화이팅~~!'

……………………………………
……………………………………
……………………………
………………………

자주 이러는 듯.

담배 왜 그렇게 많이 피냐?
정력에 나빠~

보통 건강에 나쁘다고 하지 않나…

왜요. 또 껌종이 주시게요?

크흡….

파하하하하하학!!!!!!

미친 놈…

아 미안미안.
진짜 껌 줄까?

두 번 안 속거든요.
전 들어갈게요~
좋은 밤 되세요.

으잉!? 재미없었나?

미안해~~

콱!

202호~ 202호오~~

히잉~

202호에 사는
경영학과 병아리야아아~~~

Pi

202호야~여준아~
여동생~~~씨스터~~~!

흥.
목소린 더럽게 크네.

백날 떠들어 봐라.
상대해주나.

집에서 빤스만 입고 춤추는
경영학과 1학년 여준아~!!

오, 왔닭.

미쳤어요?
동네 쪽팔리게
뭐 하는 짓이에요?!

똑똑~

왓!

쪽팔려도~ 씩씩하게!
여준 화이팅!

그것도
하지 마요!

왜. 귀여운 파이팅이구만.
꿀꿀해도~ 씩씩하게~
난 여준이니까~ ♥

에휴…
이쩌다
저런 이웃이 걸려서.

포기

뭐 꿀꿀한 일이
많은가봐.

아니 대체 왜 그렇게
남의 일에 관심이 많아요?!

그렇게 할 일이
없어요!?

응. 없어.

…………

한가해 보이긴 하네요.
볼 때마다
이상한 옷이나 입고 있고.

그런 옷기는 옷은
대체 어디서 나는 거예요?

응? 이런 옷
처음 봐?

딱 보면 몰라?
치킨 열 번 시켜먹으면
주는 거야.

아…
어쩌지.

우와,
진짜 속는다!!

당연히 뻥이지ㅋㅋㅋㅋ
ㅋㅋㅋㅋㅋㅋㅋ
ㅋㅋㅋㅋㅋㅋㅋ

푸흠!

…………

선물 받은 거야.

근데 내가
이걸 왜 선물 받았게?

아.
별로 안 궁금한데요.

나보고 시끄러우니까
'닭치라면서' 주더라
ㅋㅋㅋㅋㅋㅋㅋㅋ

…………

그런데 이 옷 좀 불편해.
상하의가 붙어 있는 거라서,
자다가 똥마려우면
전부 다 벗어야 되거든.

…………

그래서 천재적인 난
여기다 이렇게 단추를 달아서…

자 봐봐.

하나도 안 궁금하다구요!!!!!!!!
왓 더 퍽!

떠드는 게 속 편해.
꿀꿀한 게 있으면.

그냥 소리 지르는 게,
담배 피는 것보단
훨씬 속이 시원할 거야.

여기 바람 엄청 많이 불잖아.

그냥 다 날아가 버릴 걸.
무슨 말을 해도.

됐네요.
어차피 또 형이 주워듣고
놀리려 그러는 거잖아요.

에이, 눈치 좋네~
아깝다ㅋㅋㅋ

에휴…

…형한테 그 옷 선물한 사람 맘.
이해가 가네요.

뭐야?

나쁜 뜻이지?
나쁜 뜻이지?

…당연히 나쁜 뜻이죠.

으으...
아직도 속쓰려.

나는 '영'이라는 글자만 들어도
자동으로 속이 니글거려.
알코올이 들어오는 거 같애.

왕~
~영~

(메아리)

나도 토할꺼 같아영!
앗! 우웩!

달칵

악! 지영!
하지 말아영!

시끌
시끌

푸하하,
니 이름도
못 부르겠다.

야아~

조ㅡ용....

....

뭐야.
왜 실컷 떠들다가…
사람 기분 나쁘게….

뭐 보는 거야?
뮤비?

응.
나 샤이니
완전 좋아해.

움찔

나 막 노래 무한반복해도 돼?
같이 듣자.

응. 괜찮아.
나도 좋아.

민호 진짜
잘생기지 않았어?

……
나도 좋아하는데……

기숙사에 이런 걸 왜 들고 오는 거야

너도 좋아하는 거 있음
같이 봐~
일어과 애들이면
애니같은 거
많이 보지 않어?

그런 애들도 있고
아닌 애들도 있고~

………
………………

기숙사에 이런 걸 왜 들고 오는 거야 2

91

수업 끝났니 미주야?

점심은
먹고 오는 거야?

…수업 있어.
금방 나가줄 거니까 걱정하지 마.

!…그런 얘기가
아니잖아.

왜 그러니?
한 학기 동안 어차피
얼굴 볼 건데
좀 어울리면 안 돼?

우리도
술 좋아서
마시는 거 아니야.

싫으면 안 가면 됐잖아.
내가 끌고 갔어?

…………

아~ 왜 저래 진짜.
그럴 거면 나가든가.

...지영아.
그런 말은 하지 마.

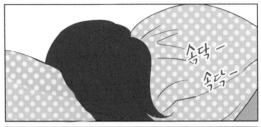

속닥 ―

속닥 ―

자려나 봐.
조용히 얘기하자.

쓰...

속닥거리지 좀 말라니까.
신경 거슬리게…

...아냐.
내 얘기 하는 게 아닐 거야.

피해망상이야.

난 그 때보다 외모만 나아졌지,

발전한 게 하나도 없는 거 같아.

안녕~
얘들아!!!

97

…밥은 집에서 먹어도 되는데.

안 돼. 집에 있으면 늘어져, 지난번처럼.

이제 시간 없어.

하여 어우 어이여, 히하해어 어으어 와어하호 히히 아으어아 하이하 해해하 양꺼, 하히 오애오아 애.

(자료 전부 모이면, 취합해서 워드로 완성하고 PT 만들어야 하니까 최대한 양껏, 빨리 보내줘야 돼.)

…먹든지 말하든지 하나만 해요. 아무리 시간이 없어도 그렇지.

쓱

…오늘부터 들어갔음 됐을 건데. 진짜 시간 맞으려나 모르겠네.

언제 작업하실 건데요?

네가 보내는 족족 바로바로 써야지.

그렇게 주먹구구식으로 하는 것 보담은, 어차피 발표 전에 한 번은 모여서 정리하는 게 안 나아요? PT는 제가 만들게요.

음…

주말 어때요? 편의점 일은 평일에만 하시는 거라면서요.

주말에도 다른 일 해.
학교로는 오기 힘들어.

정리는 내가 알아서 해올게.
자료만 잘 찾아서 넘겨줘.

오래 안 걸릴 텐데…
또 알바하시는 거예요?

언제 끝나시는데요?

낮에 하는 거 끝나도,
밤에 또 나가야 되니까 그래.

으잉?
알바를 몇 개나
하시길래…

세 개.

엑!
아니, 학기 중에
알바를 그렇게
많이 하세요?

3학년이면
학교도 빡빡하실 텐데.

선배님은
장학금도 받으시면서,

뭐하러 그렇게 욕심…

…을…

…학교에서
내 생계까지
책임져주는 건 아니니까.

……….

뭔가…내가 지금 엄청,
눈치 없는 말을 한 것 같은데.

—그러니까 꼭
이런 느낌의…

오호호호

빵이 없으면
과자를 먹어야지~♪♪
호호호호!!

첵

젠장,
있는 것들이란.

죄송해요.
그렇게까지 일하신단 게…

워낙 보통 일 같지가 않다보니…

……………………

보통하고 거리가 먼 건,
사실 나보다는 네 쪽이지.

우리 나이에
그렇게 화려하게 살진 못하잖아.
보통은.

....

…생각해보니,
그래.
알바야
내 사정일 뿐인데.

…힘드시겠네요.

뭘. 나야
새삼스럽게.

내 스케줄도 양보해야 옳은 거지.

그 날은 좀 비워놓을게.

항상 들어오던 말.

나와 소비가 다른 사람들이
못 가진 걸 무기로 날 찔러 오는 일은 몇 번이나 겪어 왔다.

하지만,

넌 걱정 없겠다.

넌 사는 세계가 다르니까.

넌 복도 많다.

네 그런 이유가 부러워.

실은 나 역시, 이해하고 있지 못했다는 걸

깨달았다.

그래,
준이 힘들었겠구나.

그런데 준아,
부모님이 그렇게 하셨을 때는
널 생각해서 하는 이유가 있었을 거야.

부모님이
널 사랑하지 않는다고 생각하니?

준이는 아직 어려서 부모님 맘을 모르니까,
속상하고 화가 나겠지만,
좀 더 크면 이해하게 될 거야.

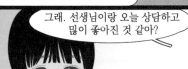

그래. 선생님이랑 오늘 상담하고
많이 좋아진 것 같아?

네.
감사해요 선생님.

애가 수법이 점점 귀여워지네.

웃겨. 내가 니 엄마니?

그래서, 자연스럽게 거짓말하는 법을 배우게 됐다.

귀엽죠~♥

제가 누나만 사귈 순 없잖아요.

또래도 만나고 그래야지.

별로 억울할 일은 없을 거 같은데.
안 그래요?
데이트비용도 어차피
내가 다 냈고.

내가 바닥까지 솔직해지길 거부해 놓고,
날 알아주지 않는다며 남을 탓할 생각은 없다.

BYE BYE~♥

이해해 줄 사람이 있을 거란
기대도 안 해.

울고 화내고

모든 걸 털어놓는 방법도 있을 텐데

난 왜 그렇게 할 수 없는 걸까.

준아,
그거 사실이야?

응? 뭐가?

나, 들었어.
너네 조 팀 과제 하는 거,
난리 엄청 났었다며.

아아…
뭐, 괜찮아.
별 일 아냐.

넌 괜찮아?
맘에 안 든다고 막
사람들 다 쫓아내고
난리였다며!!

그 싸가지 없는 선배가!

…
혹시
남수현 선배 말하는 거야?

응. 그 선배
성격 나쁘단 얘긴 유명했지만,
진짜 너무했더라.

무슨 얘길 들었는진
모르겠는데, 은영아.

좀 의견이 안 맞아서
싸운 건 맞는데,
수현 선배가 쫓아내고
그런 건 아니었어.

잘못 들은 거 아냐!
나 박민지 언니랑 친해!
직접 들은 거란 말야.

아…그래?
그렇구나.

정말 피곤한 상황이구만.

그 사람도 참
뭔 얘길 하고 다니는 거야 뻔뻔하게.

그래도, 음…
한쪽 입장만 듣고 말하는 건
좀 위험하잖아?

수현 선배가 워낙 빡빡해서
따라가기 어려운 건 사실인데,

어… 그걸로
얼굴까지 맞고…
한 사람만 잘못한 일은
아냐.

그래, 오죽했으면
때렸겠어!

!!

…어떻게 그런 말을 해.

……뭐야,
준이 너 그 선배랑 친해?

난 너 걱정돼서 그런 건데.
나만 꼭 험담하는 거 같잖아.

서운하게…

………

아―
항상 느끼는 거지만,

공감 능력이라는 건
짜증날 만큼 비합리적이야.

누가 옳고 그른지는 관심이 없지.
내가 싫어하니까,
너도 같이 싫어해야 한다는 논리.

그런 거 아냐. 미안.

걱정해줘서 고마워 은영아.
난 문제 없어.

너 그 선배한테
얘기할 거 아니지?
난 그냥 들은 대로만
얘기한 거란 말야.
욕한 거 아냐. 진짜지?
진짜 그 선배랑
친한 거 아니지?

아, 씨…
귀찮게.

피곤하게 끌지 않으려면,
원하는 말로
맞장구 쳐주는 게 속 편하다.

그래, 하나도 안 친해.
나도 그 선배 별로야.
걱정 마.

뭐야, 무슨 선배?
너네 내 험담하는 거 아니지?

어, 상태 선배!

!!

아냐, 선배.
남수현 선배 얘기하는 거야.
누군지 알지?

남수현 선배?

그거 여준이랑 같이 사는 사람이잖아.

엥?!

윽

헐? 뭐야? 무슨 말이야?

하, 이러면 진짜 피곤해지는데… 타이밍 나쁘게.

지난번에 내가 여준이네 갔을 때. 집에 같이 있더라고.

물어보니까 그 선배가 룸메이트로 들어왔다고, 얘가 그때 분~명~히~ 나한테 그랬거든?

그래서 난 그냥 나왔지?

…………

뭐냐 너~
설마 나 니네 집에서 쫓아내려고
구라친 거다 뭐 그런 거 아니겠지?

에이,
설마요.

젠장
젠장
젠장
젠장

헐! 그럼 나한테 거짓말 한 거야?
너랑 친한 거 알았으면 그런 얘기 안했잖아.
왜 사람 이상하게 만드니?
나 무안할까봐
안 친하다고 거짓말한 거네?

아냐 아냐 그런 거.

아니 뭐 친하다고
할 수 없는 건
사실인데...

그럼 뭐야, 친하지도 않은데
같이 살아?

어라, 결론이 그렇게 되나??

어?
어…

아이 뭐... 내가 워낙 성격이 좋잖아?
하하하하

말도 안 돼.
진짜 어떻게 된 상황이 그래.

야, 어떻게 된 상황이겠냐.

얘가 만만~하게 착하고 좀 잘 사는 거 같으니까,
그 인간이 빌붙기로 작정한 거지.

거지잖아.

…학교에서
내 생계까지
책임져주는 건 아니니까.

맞지? 얘 곤란해 하는 거 봐라.
야 이 호구야!

…………아니,
그런 건 아닌데….

맞네, 맞어!
얼굴 안 좋아지는 거 봐.

엄청 잘난 척하는 것 같더니
결국 진짜 거지 아냐?

준이가 무슨 잘못이에요,
그 선배가 나쁜 거지.

"난 거짓말 싫다."

—하지만,

사람들은 거짓말을 싫어하는 당신을 싫어해.

…뭘 새삼스럽게.

난 원래 이런 놈이야.

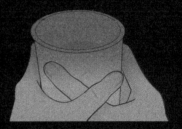

그러니까 이런 거짓말쯤은 쉬워.

어휴,
진짜 뻔뻔한 새끼 아니냐?

준아!
바보같이
그걸 받아주면 어떡해!
왜 그렇게 착해 넌.

이런 거짓말쯤은

괜찮아요.
집도 넓은데 같이 지내면 좋은 거죠 뭐.

아 진짜 답답하다!
준아! 나가라 그래!

괜찮아.

뭐 대단한 사기를 치는 것도 아니고.

진짜
문제 없다니깐.

별 문제 없잖아. 어쩔 수 없잖아.

난 아무렇지도 않아.

"—넌 잘못한 게 없잖아."

우뚝···

··················.

···준아?
왜 말을 하다 말어?

······하.

아—
미치겠네.

??

?

…선배,

진짜 뻔뻔한 인간이 누군지
정말 몰라요?

진짜 뻔뻔하게 굴고 있는 게 누군지,
선배님은 아시지 않아요?

너… 무슨 말이 하고 싶은 거냐?
내가 뭘 알아?

에이. 왜 정색을 하고 그러세요.

뭐 찔리는 거라도 있으세요?

누구긴 누구에요~~~!!
저 말하는 거죠~

HAHA

HAHA

아 이거 참

………………

찌릿..

싱긋

…갑자기 뭔 말이냐?
니가 뭐?

…괜히 적당히 넘어가려다
오해만 키우는 거 같아서요.

…남수현 선배 말이에요.
왜들 그리 싫어하는 거예요?

글쎄, 똥이 무서워서 피하냐?
더러워서 피하지.

ㅋㅋㅋ

…………

…그건
무서워서 피하는 거
아니에요?

?

다들 자기한테
똥물이라도 튈까봐
무서운 거겠죠.

안 그래요?

─그리고 착각을 하시는 거 같은데…

남수현 선밴 쓰레기가 아니에요.

그 쓰레기를 치워버리는 사람이겠지.

더러운 일 피할 줄만 아는 사람들이 겁쟁이에다 치사한 거죠.

그 사람은 그렇게 안 해요. 그냥 밟아버리지.

…뭐래냐? 너도 별로네 어쩌네 해놓고?

네. 그러니까 싫다고 한 거예요.

…날 치사한 사람 만드는 거 같으니까.

하?

맞아. 나도 치사하고, 겁쟁이야.

내가 망가질까봐 무섭고,

내 평화가 깨질까봐도 무서워.

…어찌됐든간에,
별로 재밌는 이유 아니지만,
제가 같이 살자고 부탁했거든요.
성격이 어렵긴 해도
배울 건 많은 사람이잖아요?

—그래서 난 지금도,

어디까지 가다 발을 빼야
나한테 오물이 튀지 않을까
계산해가며 말하고 있는 거야.

난 수현선배처럼은 안 돼.

되고 싶지 않은 건지,

될 수 없는 건지는…모르겠지만.

같이 살면 서로 얻어가는 게 있으니까
나쁠 거 없지 않겠어요?

그러니 어쩔 수 없이 하는
말일 뿐인데…

그런데도,

뭐… 그러다
막상 알고 보면.

진심으로도 생각하고 있어서 나도 놀랐다.

꽤 괜찮은 사람일지도
모르잖아요.

어쨌든 결론은,
난 호구 노릇한 거 아니고.

그 선배도 그렇게 염치없는 인간
아니란 얘기예요.

슬슬 수업 들어가죠.
쉬는 시간 다 돼가네.

준아,
그럼 걱정 안 해도
되는 거지?

그래.
신경쓰지 마.
내 일은 내가 알아서 해.

진짜 미안.
너랑 친한 사람인 줄 몰랐어.

별로…
안 친하다니까.

—그럼 진짜 같이 살면 되잖아!!

…저기 …그건
제가 해결하고자 하는 요점이 아닌데요.

칙칙한 남자 문제엔 관심 없어.

장난해요?
얘길 하라고 했으면
제대로 들어야 될 거 아냐!

안녕.

야!!! 신입생의 고민이라고 하면
당연~히 풋내나는 연애상담인 게 인지상정이지!!

뭐 그딴 걸 갖고 고민이래! 재미없게!

내가 그쪽 형 재밌으라고
인생 살아야 돼요?
참나.

뭐가 문제야?
같이 살려고 소문부터 퍼뜨린 거 아니야?
서동요를 벤치마킹했냐?

그렇게 안 봤는데 무섭구나, 너.

무슨;;;
실수라고요 실수!

아~ 됐어요.
말한 내가 잘못이지.

하

왜 거짓말로만 해?
막상 같이 사는 건 또 싫어?

제 멋대로 결정할 일도 아니고.
갑자기 너무 황당한 제안이잖아요.

황당한 거야
자기 갖다 구라쳤단 게
더 황당하시겠지.

…………

킥" 그냥 직접 물어 봐.
꽃다발이라도 들고 가 봐라?

?!

우쥬 룸메 미?

놉. 아돈원잇.

차였다.

…됐거든요.
저도 무지 후회 중이에요.

상상만으로도 쪽팔린다.

괜히 변명거리나 더 늘어나고…
자업자득이죠 뭐.

빨리 사과해야지
별 수 없나.

139

왜?
잘된 일 아냐?

겨우 쪽팔리는 거 기회비용으로
좋은 친구 하나 얻을 수도 있잖아.

그거만큼 큰 재산이 어딨어.

네 실수를 행운으로 만들어 봐.

…이 사람도
괜찮은 사람일지도..
(의외로 멀쩡한 말을 하잖아?)

친하게 지내도
좋을 것 같아.

흥∞

....
나 방금 존나 멋있었지 않았냐?

....

하하…뭐. 조금?

어머어머
나한테 막 눈웃음치네

!?

너 뭐야! 그 눈빛~!!

!?

아무리 내가 멋있어도 그렇지~
날 사랑하면 안 돼!!

홍찬기는
사랑은 남녀를 가리지 않는단 주의지만,

기왕이면
가슴 큰 여자가 좋단 말이야!!

이케 이케!!

어흐흐흑…
나를 …사랑하지 마~!!!

··········
그냥 가까이 하지 말아야겠다.

!!

……이건 또 뭐…?

'천재 홍찬기에게
뭐든 물어보세요.'
옥탑방 직통~

귀엽지

으 씨… 장난해요?
오글거리게…

쪽팔리다매~
시끄럽게 떠들면
안되잖아.

아니, 무슨 초등학생도 아니고.
현내문명엔 핸드폰이란 게 있거든요?
형은 없나 봐요?

이봐 이봐! 내 번호 따려고
막 수작 부리네!
쌉! 날 사랑하지 말라니까!!

아. 됐어요. 취소.

크으~!
이거 꼭 해보고 싶은 거였는데!

네가 이웃으로 와서 정말 반가워!!

꺄악

자, 빨리 대봐 빨리!!!

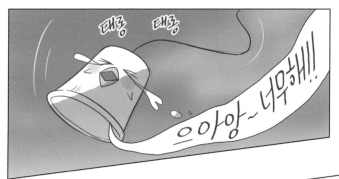

ㅡ 바로 버려졌다고 한다.

5년 전.

♪ 너무너무멋져

너네 걔 알아?
좀 괜찮던데.

눈이눈이부셔

누구?

숨을못쉬겠어

만날 강의실 맨 앞자리 앉는
키 큰 애.

떨리는 Gee~ ♪

아, 수현이?
걔 이름 남수현이야.

나 그 남자애 이름 아는 사람 처음 봤어.
아무도 안 친하니까
애들이 그냥 다 훈남이 훈남이 이러잖아.
남수현이었구나.

넌 그 훈남이 이름
어떻게 알았어?

Gee Gee Gee Gee
Baby~

내가 학생회비 걷잖아.
걔 회비 늦게 내서 말 걸어봤었거든.

걘 어떻게 학교 들어오자마자 아싸야?
강의실 말고는 얼굴을 본 적이 없네.

반수하는 거 아냐?

몰라.
얘길 해본 사람이 있어야 알지.

명일대학교

야, 너 과대오빠더러 우리 훈남이좀 개파 할 때 데리고 오라 그래라.

그래라 진짜! 좀 데려와!

얼마나 잘났는지 나도 얼굴 한 번 보고싶다!

쿨...

쨀

수현아.

경영학원론

아, 넌 새터 안 와서 모르겠구나. 나 과대 형이다. 한정호.

? 네.

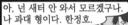

이번주 금요일에 개강파티 있는데 넌 또 안 올 거냐?

지난주 아니었나요?

지난주엔 학부 단위로 한 거고, 오늘은 우리 과끼리 모이는 자리.

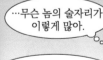

...무슨 놈의 술자리가 이렇게 많아.

너도 한 번은 와야지. 학교도 사회생활이야 임마.

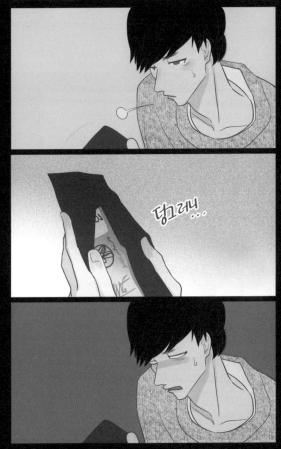

...여기요.

10000

그래 그래~
많이 먹어라잉~!

어쩔 수 없지.
며칠만 참으면
알바비도 들어오니까...

한 삼 만 원 어치
먹어주겠어.

뗑~

수현이 진짜
잘 먹는당~ㅣㅣ

와구와구

수현아,
누나가
널 위해 준비했어.

아~ 걔가 몸매도 볼만한데 머리가 너무 커.
비율이 어휴.
걔 머리통만 쫌만 작았어도 딱인데 딱.

야, 네가 걔 지난번에
술 먹는 걸 못 봐서 그래.
존나 무서워.

참된 지성을 향하는 명일

입학을 축하합니다.

명일대학교

…지성인은 얼어 죽을.

죄다 노는 것들뿐이면서.

수현아,
엠티 진짜 안 올 거야?

난 봉사활동하는 동아리 든 거지
바다 놀러가려고 한 거 아냐.

야, 그러지 말고
가끔 동방에라도 와.

가서 할 거 없어.

후회할 시간도 안 만들면 돼.

2학년이 되어 후배들이 들어오고,

군대를 갔다 복학을 해도

주변이 달라지는 일은 없었다.

일부러 적을 만들고 싶어 할 만큼 미련한 건 아니었다.

다만—

1분 1초를 모조리 무언가의 경제적 가치로
치환시키지 않고선 못 견딜 만큼,

속물이 되어버린 스물에,

시간이란 건,
남들과 공평하게 지닌 유일한 재산이었고,

그 시간보다 우선할 만한 관계를 찾지 못했을 뿐이라,
그렇게 여겼다.

타인들의 여유로부터 느끼는

박탈감일지도 모를 분노는

경멸로 포장하고, 그렇게.

혼자가 된 건지,

혼자 남기로 했던 건지 기억조차 나지 않는

좁은 길을 걸어오고 있었다.

어? 수현선배님~!!

안녕하세요!!

수업 가시는 거예요?
2층?

....

넌 왜 그렇게
인사를 크게 해?
요란스럽게.

......?

누가 보면
내가 군기 잡는 줄 알 거 아냐?

뻑~

~반가워서 그랬죠~

…반갑긴 무슨.
자료 보내라고
갈구기만 할 건데.

어제 내가 피드백 보낸 건
메일확인 했어?

에이~과제는
계속 하고 있으니까요.

그럼요! 아, 그리고
오늘 수업 끝나면
국회도서관 한 번 갔다 오려구요.

잘 생각했네.

아, 그럼 선배님 잠시.

?

그럼 안녕히 가세요~

인사 작게 하라면서요. ♥

!

와, 봤어? 봤어?

뭘?

방금 남수현 선배 웃는 거.

나, 저 선배 그렇게 웃는 거 처음 봤어.

웃으니까 더 잘생겼다.

이런 것도 참고가 되나.

…하나도 모르겠네.

―네, 다름이 아니고
학교 과제 때문인데요…

…회사 방침이라,
도와드릴 수 없겠네요.
죄송합니다.

뚝―

후우~

과제 포기하시는 거 아니요?
자료 새로 주시나요?^^

저, 내일까진
주셔야 되는데…ㅠㅠ
선배님들…

이것들이
읽고도 씹는다 이거지?
어휴, 기대한 내가 바보지.

뭐야, 아까 거랑 다 똑같은 내용이잖아?? 양식만 다르네.

빨리 해야 되는데. 왜 이렇게 괜찮은 자료가 없지…….

"-아버지, 저희 조에서 아버지 회사 제품을 조사하게 됐어요."

"그러나.
잘 해 보거라."

"…네, 그래야죠."

음. 수고했어.

자료는 이 정도면 됐다.
얼른 워드부터 들어가야지.

이걸로 정말
괜찮은가요?

내가 확인 다 했는데?
안될 건 또 뭐야?

나쁘지 않은 정도론
안 되잖아요.

그…역시
미진식품 회사 데이터만
진짜 받을 수 있으면…
그게 최고겠죠?

그건 됐어.
그럴려면 운이 좋든지,
인맥이 있을 때나 가능하고.

우리가 할 수 있는 한에선
이 정도면 좋아.

……………

왜. 아까부터 뭐가 맘에 안 들어서 그래?

아니… 제가 별로 도움이 안 된 거 같아서.

………

너, 내가 시간 없다고 일을 대충 대충 넘길 수 있는 그런 사람이라고 생각해?

네? 설~마요.

그래. 별로면 내가 알아서 퇴짜 놨을 거니까 걱정하지 마.

171

수고했으니까 이젠 나한테 바톤 넘겨.

혼자 고생 많이 했다, 너.

다른 과제도 있잖아?
괜히 선배라고 내 눈치 보느라
여기 시간 다 뺏기는 짓은 하지 마라.

네 학점 아무도 안 챙겨줘 인마.
네가 챙겨야지.

네.
알겠어요.

뱅씰~
뱅씰~

………뭐야?
왜 웃어?

수현선배님이요~
되게 선배 같아요~

? 그럼 내가 후배겠냐?
뭔 말이야.

쪼끔만 알고 보면
이렇게 멋있는 선배님인데 말이에요.

뭐?

선배로서 존경할 수 있는 사람이란 얘기예요.

얘는 왜 이런 칭찬을
아무렇지도 않게 할 수 있는 거지?
어려서 그런가.

왕 쑥스

음음..
좋아... 이 정도 띄워 놓고
룸메 문제를 꺼내야지.

왜냐하면 계산적이기 때문

.........어...네...
감사합니다.

…아. 그러고보니까, 아까 여기 오면서 누굴 만났는데.

네?

네가 선배 어쩌구 해서 생각났어.

나보고 선배랬으니까 우리 과 사람인 거 같던데.

나보고 뜬금없이 네 룸메이트라고 하더라고.

설마 그런…

성격 왕 나쁘기로 소문난 남수현 선배한테 감히 먼저 말 거는 용자가 있을 거라곤 생각도 못했는데!

너무했다

누구지? 누구지? 설마………

듣고 있냐?

그…그래서 뭐라고 답하셨는데요?

? 당연히 아니라고 했지.

아무튼
그만 가자.

추가로
의논할 거 있으면
연락 할 테니까.

아무래도
관심없음

네…

아…일이 이렇게 되면 안 되는데.
왠지 불길한 예감…

메일 받아놨으니까,
프린트물은 도로 챙겨가서
너도 내용파악
꼼꼼히 해 두고.

…은 항상 적중하게 되어있지.

……네….

저기요, 선배님?
죄송하지만 급히
말씀드릴 게 있는데…

?

여준아~ 나한텐 할 말 없냐?
난 할 말 많은데.

음?

야! 으악! 오지 마!
오지 마!!!

여기 남수현비글 한 마리 있다!
저리 가라~
휘이~ 휘이~

오지마

거리까

거리까

오지마

거리까

Grrrrrrrr

오~
마침 같이 계시네~?

~ ↗ ~

남수현 선배님!
또 뵙네요.

조마조마

뭘 인사를 또 해요.

뒤

뒤

……….

여준이 이 녀석 땜에 좀 황당하셨겠어요~

네? 뭐가요?

아~~~!!!! 상태 선배!!!!!!!

저랑 할 얘기 있으시잖아요 저랑~ 저기 가서 얘기해요. 네?

너만 친하냐? 나도 선배한테 인사 좀 하자.

너 왜 이러냐. 아직도 뭐 속이는 게 더 남았어?

와하하하!! 아니, 그런 거 아니구요~

그래? 아니지?

남수현 선배님! 혹시 모르셨어요?

그게 이 놈이 남수현 선배님 같이 산다고 뻥카를 쳐 놔서~

그렇게 알고 있는 애들 많거든요.

....

이제 보니까,
얘가 우리 쫓아내려고
선배님 끌어들인 거 같은데.
당연히 알고 계신 건 줄 알았죠~

…이런 식으로 알리려던 건 아니었는데.

얜 왜 쓸데없는 거짓말은 해서
사람 당황스럽게 만들고 그런대요.

넌 임마, 좀 섭섭하다?
니가 우리 오는 거 싫다고 말이라도 해 봤냐?
왜 사람을 이상한 놈 만들어~
거짓말하는 게 더 웃기잖아.

……….

앞으론 드럽고 치사해서
안 가 새끼야~
쪽팔리지도 않냐?

이제 우리 과 애들
다 아는데—

앞으로 네가 하는 말을
남들이 어떻게 믿어?

······
잠깐 그렇게 얘기한 건데···
선배가 믿으신 거라···

그냥 별 말 아니었는데···

그러니까
별 것도 아닌 일을
왜 키워?

할 말 있음 뭐라고
말 좀 해보지?

··· ······ ···

거짓말 아니에요.

?? 난 아무 말도 안 했는데?

―너…

턱

내가 굳이 말 안한다고,
너까지 그렇게 숨길 필욘 없지 않나?

멀리서보면 푸른봄

우리 그만 만나자.

뭐?

너같이 피곤한 애 받아줄 남자 찾아 봐.

—있어야 말이지만.

헤어지자고? 네가 나한테 그 말을 한두 번 했니?

네가 하고 싶던 말 아냐?

헤어지곤 싶은데 말 안 하고 있던 거잖아. 니가 나쁜년 되기 싫어서.

아냐?

……네가 언제부터 그렇게 날 잘 알았어?

널 아냐고? 우리 문제가 그거야. 아무리해도 네 맘을 모르겠거든 내가.

언제까지 네 기분에 맞춰줘야 되냐?

그럼 네 맘이나 얘기해 봐! 내 핑계대지 말고!

나랑 헤어지고 싶어? 말 해!

뻐떡!

지금 말하면 정말 진심으로 들어줄 테니까!

말해 보라구!

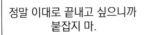
정말 이대로 끝내고 싶으니까
붙잡지 마.

찌질하게 울고불고라도 하면서
나를 나쁜년으로 만들지는 말아 줘.

뒤도 안 돌아볼 테니까.

공미주, 잠깐만.

이거.

가져가지 그래?
하나도 안 마셨네.

우리 이제 남인데,
남의 돈 아까운 줄 아셔야지~

흥. 그냥 얼굴에 확 부어주고 나올 걸 그랬나봐. 막장 드라마처럼.

…남자한테 차여서 커피를 들이키는 건,

벌써 이번이 두 번째다.

나…정말 발전이 없는 인간인가 봐.

―남수현 선배님!!!

그렇게 가시면 어떡해요~

왜?
내가 뭘 더
해줬어야 하나?

그건 아니고요…

―아, 난 원래
내 얘기 남한테 하는 거 싫거든요.
나한텐 아무것도 묻지 마시고요.

나머진 까발린 본인이랑 얘기하시고,

넌 집에서 보자.

—그러니까 사과도 해야 되고… 해명할 수 있는 건 하고 싶은데요.

해명? 할 필요 있나? 대충 파악 했는데.

아님 뭐, 또 거짓말로 대충 둘러대시게?

…제가 자취하는데 자꾸 다른 선배들이 맘대로 쓰고 그래서요.

그게 좀 심했는데, 선배들한테 화낼 수도 없고 하다가…

룸메이트가 있다고 했는데, 그러다가 그… 수현 선배님이.

어, 그러니까…

나 있다고 하면 애들이 알아서 싫다고 피할 테니까?

!

…그렇게까지 생각한 건 아닌데…

………

죄송합니다.

—아, 그래도 솔직히 진짜 도와주실 줄 몰랐거든요?

덕분에 살았어요. 고맙습니다.

역시 수현선배님은 정말 좋은 분이세요.

헤헤

내 쓰레기 같은 이미지 이용해먹고 싶었으면 직접 말하지 그랬어?

괜히 나더러 선배님이 어쩌구~ 저쩌구. 쓸데없이 비행기 태우면서 정력낭비는 왜 하냐?

…선배님, 그런 게 아니…

아ㅡ

허락도 없이 남의 집 들락날락하는 새끼, 그래, 재수 없지. 열 받았겠지. 파렴치한 놈인 거 뻔하고. 이해해.

그런데 솔직히 말해볼까?

예?

ㅡ난 말이다, 처세 좋아서 그때~ 그때 때맞춰 남한테 여우 짓 하며 지 편리하게 사는 놈도, 열 받긴 마찬가지거든.

너 같은 놈 있잖아.

어……

어마어마하게 열 받았다.

무서워;;;

맞아. 그랬지.
원래 이런 사람이었는데…

내가 너무 편하게 생각하고 있었어.

거짓말 너무 하지 마라.
그거 버릇돼.

~전 정말!!
선배님 나쁜 사람이라
생각 안 하는데요!!

존경한다 그런 것도
사실이에요.
정말 진심으로 생각해서
한 말인데…

전 선배님이
좋은 사람이라고 생각하기 때문에….

………

…이미 버릇이 됐구나.

"넌 웃으면서 남 기만하는 애야."

알아.
난 그런 놈이고,

"네가 하는 말을
남들이 어떻게 믿어?"

그런 목적으로 말한 것도
맞아.

그런데 왜 이렇게…

마음이 갑갑하지?

—사람들은

말이 쉽다, 말이 쉽다 하는데

나는 그 쉽다는 말이
가끔은 가장 어렵게 느껴졌어.

그래도 우리가
미지막엔 진심이 통했네

잘살어라
공미주

진심은 이래서 말할 수 없었고,

저래서 전해지지 않았으니까.

그러니까 내가 거짓말쟁이가 된 건
내 탓이 아냐.

내 잘못이 아닌 거라고….

계속 그렇게 생각하고 싶었어.

175
+
5
=
180cm

머엉
··

우와~~!
언니 거인 같아요!!

...
싸우자는 거니?

악의없음

하하··· 언니 키 커서
모델 같구 부러워요.

너도 힐 신지 그러니?
여자의 특권이야~

아녜요. 전 별루 학교 밖으로 나갈 일두 없는걸요 뭐.

왜? 넌 체구도 쪼끄만 게 다리 길어 보이고 이쁘겠고만.

저 힐 신고 못 뛰거든요.

신발 불편한 걸 신으면요~ 걷는 게 느려질 꺼고…

걷는 게 느려지면요, 항상 타던 스쿨을 놓칠지두 모르구… 음…

스쿨을 놓치면 수업 지각할 거고… 수업에 지각하면… 점수가 깎일 거고… 평점이 낮아지면… 취업이 힘들어질 꺼고… 취업이 늦어지면… 결혼이 늦어질 꺼고… 결혼이 늦어지면…애도 늦게 낳을 을

쫑얼 쫑얼

자식이랑 세대차이 완전 날 꺼고… 그럼 우리 애랑 완전 멀어질 꺼고… 그럼 내가 늙어도 나를 안 돌봐줄 꺼…

난 쓸쓸하게 혼자 늙어죽을 거고…

너 상태 왜 그러니?

그럼 언니 나간다~
소빈이 공부 열심히 하고 있어라!

다녀오세요~
슝

꽝!

어머?

—아니 얘가 또···
넌 왜 볼 때마다 울고 있어?

지금 이마 좀 부딪혔다고
우는···!

애!! 어디가니~~!?

!!

휘청

아니 왜
도망을 가??

너 말이 점점 짧아진다?

얘기 좀 해요!

뭔 얘기. 기억 못 하냐?
발표 전에 연락한댔잖아.

좀 가라.

왜 자꾸 쫓아오고 난리야.
스토커냐?

싫습니다.

콱!

이렇겐 억울해요.
저도 할 말 있어요.

······애가
이상한 버릇이 또 있네.
가겠단 사람 자꾸 막는 거.

선배님도 치사한 버릇 있으세요.
본인 할 말만 하고 가버리는 거.

211

．．．．．．．．．．．．．．．
．．．．．．．．．．．．．．
．．．．．．．．．．．．．！！！！

진상들이 왜 꼬이는지 알겠구만.
그러면 안 되지.

....
안 되는 건가.

으으으…
골이 두동강난 거 같애…
…

삐익

삐익

삐이이…

!

휙!

휙!

씨익

배알도 없냐?
왜 또 웃어?

웃는 얼굴에
침 못 뱉는다잖아요.

카아아악

으윽

화들짝

사정이 좀 있어서,
쉽게 도와달라고는 못해요,
그냥 있었는데…

한 번 말씀드려서
도움 받아 볼게요.

…안 믿으실 지도
모르지만.

…네가
중산층 이하라고 했으면
그 말을
안 믿었을 거 같은데.

무슨 사정이냐곤
안 따지셔도 돼요?

남의 집 일에 관심 없어.

꼭 갖고 올게요.
늦어도 내일 모레까진 될 거예요.
제가 만약에 새로 안 보내면
그냥 지금 있는 자료 쓰세요.

그러면 문제없겠죠?

명예 회복할 기회 주세요.
저 배알 있거든요.

…늦어도
모레 오전까진
보내.

…얼레? 너무 쉽게
믿으시는 거 아녜요?
거짓말쟁이라면서요.

―뭐. 못 미더운 놈이라곤
생각 안 해.
팀원으론.

남 핑계 안대고
똑바로 남아서
네 할 일 잘 해준 거
봤으니까.

너 성실한 거 인정해.

그거 고마워서 도와준 거다,
오늘 일은.

....
당근이랑 채찍을
번갈아 주시네요.

당근이라고 생각했으면
어디 두~배로
불려와 보든가.

당근×2

─증명해봐.
네가 거짓말쟁이가 아니란 걸.

나도 누굴 한 번
믿어보고 싶거든.

도와주라, 네가.

…역시 모르겠다.

이 사람은,

어디까지가 무관심이고,
어디서부터가 배려일까.

…어느 쪽일까.

그럼 된 거지?
좀 헤어지자 우리~ 어?
또 쫓아오면 죽는다 진짜.

갈 거예요~
어차피 공강 시간
끝났거든요!

아무튼, 오늘 일은 정말 감사했습니다.

바라건대, 기왕이면…

—그럼,

마지막까지, 잘 부탁드립니다. 선배님.

무관심이라면 좋겠다.

…그래. 잘 가라.

이 일이 끝나면 우린

서로 까맣게 잊어버릴 사이니까.

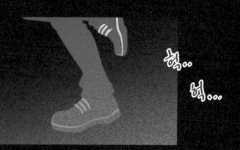

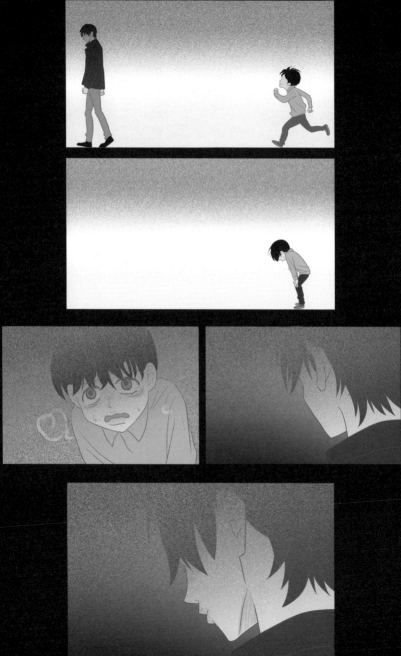

아버지, 저 준이에요, 바쁘실 텐데 전화 드려서 죄송합니다
다름이 아니고 제가 허락을 구할 일이 좀 있어서요....

아버지, 저 준이에요, 바쁘실
혹시 5분이라도 시간 괜찮
다름이 아니고 제가 허락을

……………

MEEJIN

반갑습니다.
미진식품 행정전무실 비서
윤진애입니다~~

아, 오랜만이세요!

전무님께 직접 연락드리시지 않고?

아버지 바쁘시잖아요. 방해될까봐서요.

네, 맞아요. 종일 바쁘십니다.

오늘도 저녁때까지 일정이 있으셨어요.

음, 식사하시고 이제 곧 들어오실 텐데. 아드님 전화라고 전해 드릴까요?

…사적인 연락은 아니에요.

그럼 제가 도와드릴 일이 있나요?

그래주실 수 있나요?

아, 다름이 아니고요…

아~ 그런 거면 인트라넷 ID를 드릴게요.

윤비서!!

깜짝!

!

누구한테 사내 ID를 준다 만다야? 누구야?

전무님임~ 제가 설마요. 전무님 아드님 전화십니다.

학교 일로 우리 자료가 필요한 게 있다고 하시네요.

아, 그래? 그 녀석이?

나한텐 연락 온 게 없는데? 회사로 바로 연락이 왔어?

전무님 일 방해 안 되시게 신경 써 주고 계신답니다.

쯧. 정 없는 놈.

....

…아버지가 오셨어요?

네, 지금 마침 도착하셨어요,

전무님 바꿔드릴까요?

……!

MEEJIN

됐어.
필요하다는 거 다 도와 줘.

네에.^^

쯧.

교수라는 놈이,
아직도 애비한테 손이나 뻗고….

아, 큰 아드님 아니시고,
작은 아드님이십니다.

반복되는 꿈을 꾸곤 한다.

난 형의 그림자를 뒤쫓아 달린다.

그런데 아무리 달리고 달려도

도저히 따라잡을 수가 없는 것이다.

이루 말할 수 없이 분하다.

증오하는—…

—그 녀석이요?

아뇨. 글쎄요.

별일이네요.

210 여준완 교수

네. 좀 바빴어요.
이제 퇴근준비 합니다.

멀리서보면푸른봄

엄마, 엄마!
너무너무 기뻐요! 감사합니다!

뭐가?

제가 정말 갖고 싶었던 거예요.
엄마한테 받아서 더 기쁘고
너무너무 좋아요.

뭐니? 난 그런 거 준 적 없는데?

네…?

내가 너한테 갑자기
그런 걸 왜 줘?

대체 왜 이러니?
그런 건 또 어디서 나서
사람을 귀찮게 해!

…아닌데…엄마가,
주시는 거라고…
그랬는데….

—형이…

일기장 찾니?

!

ㅡ왜 니가
갖고 있어?

난 네 형이니까.

동생이 어떻게 지내는지
알아야 할 것 같아서 봤어.

소름끼치게 하지 마!!
내놔!

…"형이 죽었으면 좋겠다."

!!

…너는 왜 나를 싫어하지?

나를 싫어하는 마음을
1부터 10까지로 나타낸다면 몇이지?

이상한 소리 좀
하지 마!!

죽음을 바랄 정도면 9…
아니, 10이겠군.

쩌이익—

…날 싫어하지 않는 게
좋을 거야.

앞으론 들키지 않도록 조심해.

다녀왔습니다!

왔어?
준이 오늘은 기분이 좋아 보이네.

그래 보여요?
저 모의고사 우리학교 1등이에요,
이모!

아유 좋겠네.
열심히 하는 기 같더니.
축하해.

고맙습니다!
엄마는요?

응. 사모님 거실에서
티비 보고 계셔.

엄마~!!

―있잖아요,
저 오늘…!

―스물 한 살에
서울대 졸업을 하셨는데,
이게 대체 어떻게 가능한 거죠?

입학을
일찍 한 겁니다.

아니, 과학고 졸업이면,
고등학교도 다녔는데
어떻게요?

고등학교부터
2년 먼저 갔어요.

세상에,
조기입학에다, 조기졸업이라니…
최연소 박사 되실만하네요!

준완씨 얘기를 계속 들어 보니까,
그냥 천재네요 천재.

그럴지도 모르겠네요.
…하루 종일 앉아서
공부만 할 수 있는 지루한 성격도,
재능이라고 부른다면요.

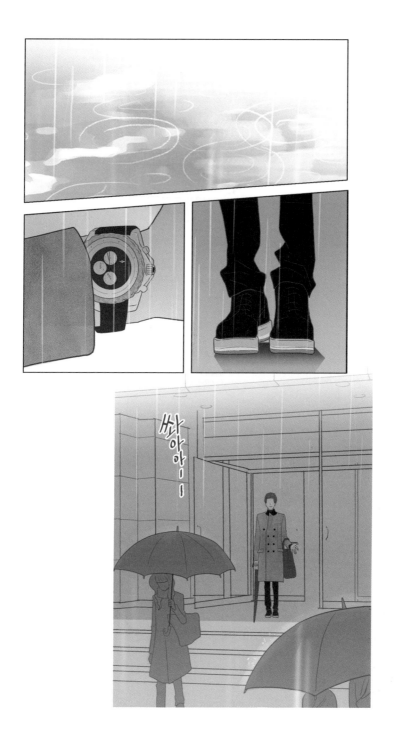

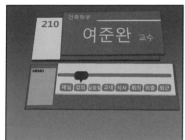

10분 일찍 끝내줬어.
이동하는 거 서두르지들 말라고.
이런 날은 조심해야지.

왜 그렇게 싱글벙글이시죠?

날이 이렇게 궂은데도
결석이 하나도 없는 건
뿌듯한 일이긴 합니다만.

저는 교수님의 아내가 아닙니다.
이곳도 마찬가지로 일터죠.

뻥

그보다는, 힘들게 퇴근하고,
예쁜 아내가 기다려주는
집에 돌아온…
안도감 같은 걸까.

내가 한 말의 포인트는,
오늘 수업이 끝났다는 사실과
강조교는 미인이다, 정도일 거야.

제 외모가 제 월급에
긍정적인 영향을 미칠까요?

그럴 수 있도록
노력해보지.

후훗

참, 좀 아까
학생 하나가
왔다 갔습니다.

수업 중일 때 온 거 보면
이번 강의 듣는 학생은 아닌 거 같던데.

교수님
안 계신 걸 보고
아무 말도 않고
돌아가던데요.

그래?

처음 보는 얼굴이라 자세히 봤는데…
예쁘게 잘 생긴 남학생인 게…

얼굴이 꼭
교수님 같았습니다.

내 외모가
내 월급에
긍정적인 영향을
미칠까?

…그런 뜻이 아닙니다.

교수님하고
얼굴이 정말 똑같이 닮았던데요?

—혹시 교수님,
동생이 있으셨어요?

……
그럴 리가 없어.

네?
그런가요.

어디로 간단 말은 안 했나?

그런 말은 없었습니다.

교수님!

"─교수님,"

"동생이 있으셨어요?"

쏴아아~

······.

철퍽~!

꼴 좋네.

왜 이래?
난 이제 고등학생도 아닌데!

Copyright ⓒ Park Ji-yoon, 2017

Published by Garden of Books
Printed in Korea

First published online in Korea in 2014 by DAUM WEBTOON COMPANY, Korea

멀리서 보면 푸른 봄 2

초판 1쇄 발행 · 2017년 11월 25일

지은이 · 지늉
펴낸이 · 김동하

펴낸곳 · 책들의정원
출판신고 · 2015년 1월 14일 제2015-000001호
주소 · (03955) 서울시 마포구 방울내로9안길 32, 2층(망원동)
문의 · (070) 7853-8600
팩스 · (02) 6020-8601
이메일 · books-garden1@naver.com
블로그 · books-garden1.blog.me

ISBN 979-11-87604-41-9 (04810)
        979-11-87604-39-6 (세트)

• 이 책은 저작권법에 따라 보호받는 저작물이므로 무단 전재와 무단 복제를 금합니다.
• 잘못된 책은 구입처에서 바꾸어 드립니다.
• 책값은 뒤표지에 있습니다.
• 이 도서의 국립중앙도서관 출판예정도서목록(CIP)은 서지정보유통지원시스템 홈페이지
  (http://seoji.nl.go.kr)와 국가자료공동목록시스템(http://www.nl.go.kr/kolisnet)에서 이용하
  실 수 있습니다. (CIP제어번호: CIP2017029380)